오늘 내가 마음에 든다

오늘 내가 마음에 든다

봉현 글 + 그림

펜으로
일상을 붙드는
봉현의
일기그림

예담

내가 있었던 그곳에 당신이 머물렀을지도 모른다

프롤로그

어렴풋이 기억하는 아주 어린 시절에도 일기라는 것을 써본 적이 있다. 날짜를 적고, 오늘의 날씨와 오늘의 기분을 표시하고, 오늘은 어디에 가서 누구를 만나고 무엇을 먹고 무엇을 했다고 기록하는 것이 일기라고 배웠다. 선생님께 검사받기 위해 일기를 썼다. 나만 보는 일기장을 가진 것은 조금 더 커서부터였다.
엄마에게도 친구에게도 말하지 못할 마음을 예쁜 다이어리에 빼곡히 적고 자물쇠를 걸어 아무도 보지 못하게 서랍 속에 꽁꽁 숨겨두었다. 그곳에는 아무에게도 보여주지 못할 나의 바보 같고 설익은 마음들이 가득 담겨 있었다. 외로움, 막막함, 분노, 불만, 두려움, 걱정 따위였다.

나이를 먹으면서 어른 비슷한 것이 되어갔고 더 이상 일기를 쓰지 않게 되었다. 마음에 쌓인 것을 종이에 털어놓지 않아도 버리는 법을 알게 되었다. 자물쇠를 걸어두지 않아도 감정을 잠가버리는 방법을 알았다. 혼자 살게 되니 비밀의 서랍이라는 것도 필요 없어졌다. 그렇게 하루하루를 흘려보냈고 그렇게 몇 년이 더 흘러, 정말로 '어린'의 수식어를 붙일 수 없는 나이가 되었다.
어른의 속마음이란 처절하다. 일의 어려움, 결핍의 고통, 사람관계에서 오는 상처와 혼자일 때의 고립감. 그 모든 것들이 나아지기는커녕 점점 지독해진다. 그러다 어느 때인가는 세상의 불공평함 앞에 분노를 넘어

무력감이, 책임져야 할 인생의 무게 앞에 막막함을 넘어 공허함이 들기도 한다.

하지만 그 처절함이 절박해지는 까닭에, 더더욱 사소한 순간 속에서 행복을 찾게 된다. 따뜻한 차 한 잔, 아늑한 공간과 좋은 음악, 겨울이 끝나는 듯한 봄바람, 우연히 다가오는 설렘, 연인의 목선 위로 흐르는 달콤한 내음. 그런 것들의 가치를 깨달아간다. 그로 인해 살아갈 힘을 낸다.

그래서 지금, 우리에게 일기를 쓰는 일이 필요한지 모른다. 내 마음을 가장 솔직하게 담아내는 일기장에 비관적인 이야기들뿐이라면 그 얼마나 슬픈 삶인가. 일기를 쓰다 보면 알게 될 것이다. 때로는 따뜻하고 가끔은 행복하다고 웃게 되는 순간들이 내 삶에 생각보다 많이 채워져 있음을.

이 책은 내가 페이스북에 '봉현의 일기그림'이라는 이름으로 올리고 있는 그림과 글을 골라 묶은 것이다. 나는 그림을 그리는 일을 하는 사람이다. 그림으로 돈을 벌고 생계를 유지해나간다. 그렇지만 어떤 목적 없이 나 자신을 위해 그림을 그리기도 한다. 나의 또 다른 직업은 글을 쓰는 것이지만 무엇보다 본질은 그림을 그리는 사람이기에 글 쓰듯이 그림으로 일기를 썼다.

불특정한 누구든지 볼 수 있도록 공개했던 일기였지만 나는 마치 '아무도 보고 있지 않다'라고 외면하며, 서랍 속에 숨겨둔 일기장에 쓰듯 솔직하게 나의 이야기를 남겼다. 어린 시절 어느 때, 책상 위에 일기장을 펼쳐두고는 엄마에게 말하고픈 속마음을 일부러 보여줬던 것처럼, 우스운 마음인 것 같다. 누군가 나의 일기를 보고 공감하며 함께 웃고 울어주기를 바랐는지도 모른다. 나만 이런 것이 아니다, 라는 위안을 얻고 싶었는지도 모른다.

나의 일기를 보는 당신이, 남의 일기를 훔쳐보는 관음의 즐거움을 느낄 수도 있지만, 그것보다는 마치 당신의 일기를, 당신의 시간을 내가 대신 기록해둔 것만 같은 착각을 일으켰으면 하는 바람이다. 내가 당신의 공감에 위안을 느꼈듯이, 당신의 마음을 나도 알아주고 싶다.

내 일기그림에는 수많은 감정들이 담겨있다. 무료함과 혼란이 번갈아 나타나고 노란 꽃이 피었다가 하얀 눈이 내린다. 행복해서 시간이 멈추었다가 괴로워서 시간이 빨리 흐르기도 한다. 걷고 움직이고 먹으며 살아가던 2년간의 모든 공간과 시간을 담았다.
모든 그림에 내가 있다. 내가 앉았던 어떤 자리, 지나갔던 어느 골목길에 언젠가 당신이 있었을 수도 있다. 어딘가에서 우리가 스쳤을지도 모른다. 우리는 서로를 모른 채 같이 살아가고 있다.

삶이 무료하다고 슬퍼할 필요는 없다. 특별하지 않은 시간과 뻔하디 뻔한 감정들 속에서 일기장에 남길 만한 특별한 가치를 찾아내는 것이 살아있는 기쁨이니까. 나 또한 그러했다. 그런 마음으로 긴 일기를 써왔다. 지금 나의 일기장이 당신에게 닿아 우리의 인연이 이어졌다. 조금은 부끄러운 마음이지만, 당신 또한 그런 마음이기를 바라며.

차례

하나.
문득,
나는

넷.
그 사람과,
나는

다섯.
어느새,
나는

내일은
색다르게

하나.

문
득,

나는

어떤 날도
같은 날은 없다

어떤 하루도 오늘 같은 하루는 없듯
마주 달리는 자전거도 저 앞에 달리는 사람도
흘러가는 강물도 불어오는 바람도
어떤 것도 같은 것은 없다.

한강시민공원 망원지구

감각의 공간

읽고
보고
듣고
느끼고
만지고
맛보고
생각하고
쓰고 그리고
만들어 내는

책들의 공간

해방촌 스토리지 북 앤 필름

거부할 수
없는

합법적인 하얀 가루의 유혹

연남동 빵집 브레드랩

타협은 없다

콩국수도 먹고 싶고 메밀국수도 먹고 싶길래
메밀 콩국수를 주문했다.

원당 국수 잘하는 집

에취

털뭉치들과의 결투

며칠 만에 청소하는 내 방

마지막으로
여백이를 채워넣고

수납변태의 심신안정

내 방구석

망원동
아이유가 부릅니다

우— 이번 주 월요일
우— 월요일에 시장 어때요?

망원시장

내 방이었으면
좋겠지만

원하는 모든 걸 가질 수 없기에
가능한 한두 가지가 특별하다.

무인양품

대낮부터

낮맥 정도는 해야 한량 같지.

카페 그곳

부둥부둥

또 괴롭히러 왔어, 구름아앙~

36.5도 여름 동쪽점

그날이 되면

빌어먹을 대 자연의 섭리

집 근처 카페에서

모든 페이지에

당신의 마음을 담은

책방 유어마인드

그림에
다 담을 수 없는
공기

노래하는 시인의 밤

이리카페

자리 욕심

니가 앉은 자리, 그 자리가 내 자리였어야 해.

나와 이름이 같은 남봉현 씨가 매일 앉는
이리카페 구석탱이에 못 앉은 날

혼자 먹어도
맛있는 밥

거 참 삼삼하니 매번 먹어도 맛나구먼요.

대학로 삼삼뚝배기

쉬운 게
없네

아이고 헥헥 음파음파 어푸어푸

수영장에 다닌 지 얼마 안 되어서

두근두근

나도 참여하라는데 어떡하지!

관객참여형 RPG 공연 '내일 공연인데 어떡하지!'

요즘은 요일과
상관없이

불금 아니고 불월

합정동 골목길

자전거 타기
좋은 날

자전거야
꽃나무 보러
놀러 가자.

지하철 2호선
환승 구간

강을
건너며

난 윗동네에 삽니다만
비싸다는 아랫동네는 물이 좋으나요?

한강 위를 달리는 지하철 2호선 안

서울 여행

홍대 주민의 강남 나들이

신사역 가로수길

늦기 전에

마감시간 십 분 전에
올 여름 첫 빙수 흡입

홍대 옥루몽

이름

제 별명은 김봉봉입니다만

카페 수수봉

딱 좋다

〈무한도전〉 보면서 혼자 먹는 저녁.
동네 할머니가 차려주신,
오이냉국, 가지무침, 더덕무침, 건새우조림,
배추김치, 감자조림, 두부조림, 생선구이, 계란후라이,
9첩 밥상.

백반집 연남식당

둘.

그
럼
에
도,

나는

쓰담쓰담

너마저도 위로가 되지 않던…

잠이 오지 않는 밤

그런 적이 있었다, 내게도

너무 행복해서
시간이 멈추기를
바라던 때도 있었다.

혼자 울었던 날

쿨한
척하기
싫다

다들 이렇게 살아, 뭘 그렇게까지 생각해,
같은 말을 들었다.
내가 겁이 많나, 철없는 생각만 하고 있나, 하는 기분에 주눅이 든다.

하지만 아직까지 나는 순수한 것들을 믿고 싶다.
맑고 건강한 생각을 하는 게 뭐가 나쁜가.
슬퍼하고 아파하는 게 뭐가 찌질한가.
언제부터 진심을 말하면 오글거리는 게 되었고
툭툭 내뱉는 말이 쿨한 것이 되었나.

나는 그런 마음을 말하지도, 쓰지도, 듣고 싶지도 않다.

힘든 세상에서

예측
가능한 일

주말에 몸살 날 계획이다.

마감이 다가오는 중

일기예보는
없다

삶을 살다 보면, 비도 오고 바람도 불더라.
언제나 좋은 날만이 계속 될 수는 없다는 듯,
우리는 때로, 바람에 밀려나기도 하고 예상치 못한
거센 비를 맞기도 한다.
일기예보를 기대하기 어렵다. 어제의 날씨가 그랬듯,
오늘도, 내일도 그럴 것이다.
하지만 나쁜 날 또한 계속 될 수는 없다.
비가 그치고 나면 다시 해가 비칠 것이고
바람이 그치면 다시 꽃이 고개를 들 것이다.

비 오는 제주

스스로
위로하기

조용히 책을 읽거나 그림을 그리다 보면
피곤함도 허전함도 괜찮아질 거야.

카페 수카라

불빛들

내 삶을 믿는다면 무엇이든
플러스가 될 거라고 믿는 풍경

버티고개 달언니네 집

감정의 멜로디

음악을 들으면 기쁨, 슬픔, 그리움,
외로움, 설렘, 두려움…
그런 감정을 조금 덜어내기도, 혹은 조금 더하기도.

화방 다녀오는 길

야무지게

치과 가기 전 나 홀로 조용히 최후의 만찬

홍대 버거킹 2층

뭐 어때요

그래요.

다들 혼자 먹으러 왔으니 뭐 어때요.

혼자 밥 먹어도, 조금 가난해도,

이렇게 맛난 돈까스와 덮밥이 사천 원이라는데.

같이 먹어요, 우리.

모르는 사이지만 마주앉아

맛있게 배불리 흡족하게.

서교밥집

너에게만
할 수 있는 이야기

여백아. 비가 많이 와.

왜인지 나는 눈물이 날 것만 같아.
지난 추억도 지난 사람도 사실 돌아보면 좋은 기억들뿐인데
문득, 그래서 더 슬퍼지기도 해.

여백아. 너는 어떠니?

나는 말야, 분명히 누군가와 함께였는데
왜 지금은 혼자인 걸까.
사실 돌아보면 모두 내 잘못이 아니었을까.
정말, 내가 혼자가 될까 봐 두려워지기도 해.

비 오는 창 밖을 보며

도시가
낯설어지는 순간

"사람들 수만큼의 우주가 떠다니고 있네,
이 작은 도시에."
(오지은의 노래 〈서울살이는〉 가사 중에서)

서울의 한 거리에서

당신과
나의 노래

"우리는 쓸쓸해서 비슷한 사람.
그래도 괜찮아, 노래는 흘러가."
(양양의 책 《쓸쓸해서 비슷한 사람》과 곡 〈노래는〉 중에서)

양양언니 공연

Always like this

Mathilda: Is life always this hard or is it just when you're a kid?
Leon: Always like this.

마틸다: 사는 게 원래 이렇게 힘든가요? 아니면 어릴 때만 그런가요?
레옹: 항상 그렇지.

영화 〈Leon〉을 다시 보며

하하하

삶은 때로 이토록 유쾌한 것.
웃어요 우리! Smile with me!

대학로 마로니에 공원

오늘도
그러면 안 되는데

쉬이 잠들 수 없는 요즘은 밤이 오는 것이 두렵다.

안국역 카페 브람스

견딜 수 있는
한 가지만 있어도

눈이 예뻐서 그래도 겨울을 견딜 만.

펑펑 눈이 내리던 어느 겨울날

500/45

대중 씨가 삼백에 삼십짜리 찾아
신월동, 녹번동, 이태원에는 이미 가봤다길래
나는 망원동, 연남동, 성산동을 무작정 가봤네.
부동산 아저씨가 웃더라.
내 집은 어디에도 없네,
오백을 모아도 천을 벌어도 내 집은 없네.
하루에 만오천 원씩 한 달에 사십오만 원을 내면
빌릴 수 있는 곳은 옥상 아니면 지하.
빛 드는 곳에 살려고 빚을 질 수는 없지.
하지만 지하 살면 변태 아저씨가 올 텐데.
이십육일 열두 시간씩 일해서 받은 월급으로
월세 내고 집에 들어와 잠만 자겠지.
피곤하니까 잠만 자겠지. 내 고양이는 외롭겠지.
하지만 누나는 너랑 살려면 월세를 벌어야 해.
이렇게 집이 많은데, 이렇게 사람이 많은데,
나는 집이 없네. 계속 집이 없네.

집 구하는 설움

나 대신
울어주는

늦은 밤 이른 새벽 홀로 집에 가는 길

비 오는 거리

생각은
적당히

행복한 때는 불행이 걱정되고
불행한 때는 행복이 간절하고
무료한 때는 뭐라도 있었으면

합정동 카페 루프

명절의
오아시스

떠나지 못한 사람들에게 일용할 양식을 주는 거리의 불빛

추석연휴의 편의점

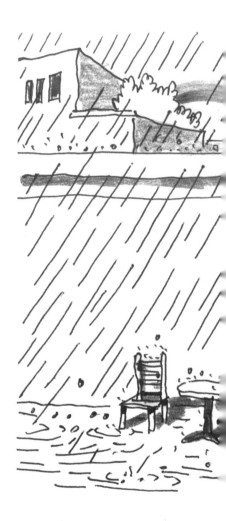

잘 찾아봐

어딘가에
무지개가 있을 거야.

비 오고 노을 지는 서울의 하늘

셋.

일이
끝난 뒤,
나는

피로의
공감

금요일 아침,
오늘 하루만 더 견디면 주말.

모두가 졸린 지하철

walk

우리 모두 방향이 다를 뿐,
어딘가를 향해 걸어가고 있다.

그냥 어디든지 가고 싶은 대로

나는 아직

스무 시간 만에 집으로 돌아가고 있었다. 평일 아침 일곱 시 반의 2호선 홍대입구역이었다. 학교 과제와 일을 동시에 하느라 날마다 바빴다. 정신을 바짝 차리고 열심히 해야지, 하는 마음으로 밤을 새서 작업을 했다. 피곤함보다는 나 오늘 참 열심히 살았네, 라는 괜스레 뿌듯한 마음으로 집에 가는 길이었다. 하루를 끝내고 쉬러 가는 나와는 달리, 이제부터 하루를 시작하는 사람들을 마주쳤다.

새벽 다섯 시부터 나오시는 토스트 아주머니는 택시 아저씨들의 첫 끼니를 만들고 계셨다. 1교시 학교 수업을 들으러 가는 잠이 덜 깬 학생은 요구르트 아줌마에게 우유를 샀다. 채 말리지 못한 머리카락 위로 목도리를 감고 눈도 반쯤 감고 있었다. 집에서 직접 만 천오백 원짜리 김밥을 파는 아가씨는 꽤 앳되어 보였다. 무료 신문 매대를 펼치는 아주머니는 우리 엄마보다 나이가 더 들어 보이셨다. 지나가는 버스에는 창문에 기대어 조는 사람들이 보였다.

드라마 〈미생〉에서, 장그래도 매우 힘든 하루를 보내고 돌아가는 길에 나와 비슷한 생각을 했다. '나는 열심히 살지 않았다'라고. 아직도 더 노력할 수 있는 내가, 마치 최선을 다해 살아가고 있다는 자만에 빠졌음을 깨닫는 부끄러운 풍경을 마주했다.

날이 춥다. 모두들 두꺼운 옷을 겹겹이 입고, 손과 어깨를 잔뜩 웅크린 채, 겨울의 찬 공기를 견디며 바삐 살아간다.

오늘도 다들 각자 삶의 무게를 책임지기 위해 각자의 아침을 보내고 있다.

열심히, 정성스럽게, 살아가고 있다.

집으로 돌아가는 이른 아침, 2호선 홍대입구역

바꾸기
어려운 습관

아침형 인간이 되려고 했지만 결국은 새벽형 인간

새벽의 연남동 길

좋아하는 것을
유지하기 위해서

저는 카페에 가는 것이 좋기에
절대 카페를 하지 않을 겁니다.

테일러 커피

결심과 끈기는
다 팔렸대서
휴지와 우유만 사 왔다

창작을 해서 먹고 산다는 것은 참으로 힘든 일이다. 예술가, 굶어 죽기 딱
좋은 직업 아니냐, 라는 말이 허투루 생긴 게 아니라는 것을 깊이 체감하
고 있다.

무언가를 만들어 낸다는 것은 참으로 어렵다. 무에서 유를 창조해내는 것
은 아니지만, 내 조잡한 감정이나 바보스러운 상상 따위를 가치 있는 결과
물로 풀어내는 과정은 감히 조물주를 이해하고 싶을 만큼 힘들게 느껴지
기도 한다.

작업을 하기까지 굉장히 오랜 시간이 걸린다. 작업시간이 오래 걸리는 게
아니라 작업에 들어가기 위해 집중하기까지가 너무 오래 걸린다. 시간 낭
비라는 것은 나도 잘 알고 있다.

오늘도 해야 할 일들이 잔뜩이다. 책상에는 읽어야 할 원고와 보아야 할 책, 채워야 할 빈 종이가 잔뜩 쌓여있다. 괜스레 방안과 주방을 어슬렁거리다가, 슬리퍼를 신고 집 앞 마트에 갔다.
잘 해보겠다는 결심과, 결심을 뒷받침할 꾸준한 노력이 필요했다. 혹시나 마트에 팔지 않을까 여기저기 구석구석 둘러보았지만 아무리 찾아도 있을 리가 만무하다. 라떼를 만들 우유 1리터와 세일하는 두루마리 휴지만 사들고서 집에 돌아왔다.

집 앞 할인마트

자신의
무엇

김목인의 앨범 '음악가 자신의 노래'를 들으며
그림을 그리다 보니
'화가 자신의 그림'은 어떤 것일까
생각하게 된다.

제주도 함덕 그림 카페

artshouse.arko.or.kr

나라 당신의 드로잉 여행단
2014/9~11/애술화/예술가의집 / 봉화

피곤해도
행복할 때

화요일 밤은 늘 피곤하지만 행복하다.
이른 아침부터 일어나서 학교에 갔다가
학림다방에 들러 글을 쓰고 그림을 그린다.
저녁에는 예술가의 집에서 사람들과 이야기 나누며 드로잉 강연을 한다.
그러고 나면 목이 쉬고 다리가 저리고 머리가 아프지만,
왜인지, 행복하다고 생각하게 된다.

대학로 예술가의 집

바라던 대로

글 쓰고 그림 그리며 살고 싶다고 생각했었는데
정말로 그렇게 살고 있다.

시간이 빠르게 흘러간 서울

내 글을
쓰기 위해

그림을 그리거나 글을 쓰기 전에는 책을 읽는다. 길게
는 말고, 이어서도 말고, 아무렇게나 페이지를 사라
락 훑어 마음 내키는 곳을 두 페이지에서 열 페이지
정도만 읽는다. 좋은 구절은 노트에 손글씨로 옮겨 적
어둔다. 그런 후에 글을 쓴다. 흘려보낸 나의 것들을
누군가의 글을 통해 다시 떠올려본다.
마음을 다해 글을 쓰고 싶다. 내용이 부끄러운 건 상
관없지만 글을 씀에 있어서는 한 글자 한 글자 아쉬
움이 남지 않았으면 한다. 언제쯤이면 어려움 없이
글을 쓰는 위대한 작가가 될 수 있을까, 라는 헛된 기
대를 해보지만, 아마도 그런 일은 없을 것 같다.

카페 꼼마

그림의 기쁨을
이끄는 일이란

'나와 당신의 드로잉 여행단' 수업 마지막 시간.
지난 세 달 동안 함께한 사람들은 집중해서 나의 이야
기를 들어주었다.
선과 동그라미 그리는 것조차 두려워했던 사람들이 서
로 놀랄 만큼 좋은 작품들을 그려냈다. 그림을 그리는
것은 너무나 즐거운 일이다. 그런 삶의 기쁨을 내가 이끌
어가며 알려 줄 수 있다는 건 너무나 감사한 일이었다.

첫 강연이 모두 끝나고, 사람들의 박수와 감사 인사에
눈물이 날 것만 같았다. 어디서든 또다시 하고 싶다고
생각했다. 더 열심히, 더 멋지게 살자고 다짐했다.

세상이 나를 찾지 않았을 때를 견뎌내고, 그래도 여기까
지 왔다.

대학로 예술가의 집

불면의 날

나에겐 아침도 낮도 밤도 아닌

못 자고 나온 날

직장인에게
맛집이란

점심시간은 두 시간

여의도백화점 지하 1층 진주집

아직은

하고 싶은 것도
알고 싶은 것도
사고 싶은 것도
가고 싶은 곳도
너무 많지만
아직은 때가 아니라고 생각하며.

늦은 밤

삶은
계속되므로

때로는 답답하고 지겹고 당연하게만 느껴지는
내 나라에게 계속 살아가려면,
열심히 살아야만 한다는 것을 알고 있다.

스타벅스 동교점

언리미티드

누구든지
제한없이
소규모로
창작하고
제작하며
경계없이
공유하는

Unlimited edition 6 첫번째 날

잘 키운 고양이 하나
열 작품 안 부럽다

날 보러 오는 분들 중 반 이상은
우리집 고양이 여백이의 팬이었다.

언리미티드 에디션 두번째 날

한밤의
그래피티 습격사건

범죄를 저지르는 중이 아닙니다.

한국예술종합학교 음악원 뒤뜰

이런 삶도
괜찮다

자가용도 지옥철도 아닌 자전거를 타고 십오 분 거리의 작업실로 간다. 가끔 동료 두 사람이 있지만 거의 혼자다. 도시락이나 샌드위치로 저녁을 챙겨 먹는다.

여덟 시간에서 열 시간 정도 작업실에 있지만 작업에 몰두하는 시간은 다섯 시간도 채 되지 않는다. 자주 책을 뒤적이고, 가끔 테라스에서 담배를 피거나, 아랫집에 놀러온 고양이를 구경한다. 노래도 부르고, 춤도 추고, 동네 산책도 한다.

회사원의 하루를 생각하면 나는 작은 투정도 부릴 수 없다. 조금 더 가난하고 조금 더 외롭더라도, 나만의 하루를 묵묵히 보내야 한다.

새벽이 되어서야 집으로 돌아가는 길에는 내일도 열심히 살자고 생각한다. 아침 해가 뜨는 하늘의 어스름한 빛이 예뻤다. 이런 삶도 괜찮다고 생각한다.

출근은 오후 한 시, 퇴근은 새벽 한 시

작심삼일
안 하면

여러분도 돌고래가 될 수 있습니다!

수영 처음 배우는 날

화요일, 그곳에 가면

"학림은 지금 매끄럽고 반들반들한 '현재'의 시간 위에 '과거'를 끊임없이 되살려 붙잡아 매두려는 위태로운 게임을 하고 있다. … 우리에겐 아직 지키고 반추해야 할 어떤 것이 있노라고 묵묵히 속삭이는 저 홀로 고고한 섬 속의 왕국처럼…."
(학림다방 입구에 적힌 글귀 중에서)

가을부터 겨울까지 그림수업을 진행하게 되어서 화요일 저녁마다 대학로에 가야 했다. 대학교 수업이 끝나고 가면 두 시간 정도 일찍 혜화에 도착했다. 이곳저곳 낯선 카페들을 맴돌았다. 홍대 언저리, 집 근처의 여느 카페들처럼 마음 둘 곳이 필요했다. 그러던 중 학림다방을 발견했다. 입구에 쓰인 글귀와 학림이라는 간판의 글씨가 너무 좋아서 들어가보니, 왜 이곳을 이제야 알았을까 싶을 만큼 멋진 공간이었다. 알고 보니 역사가 깊은, 방송이나 드라마에서도 자주 소개된 곳이었다.
매주 화요일마다 들러 그때그때 다른 자리에 앉아 그림을 그렸다. '화요일의 학림다방'이라는 제목으로 10개 남짓한 그림이 모였다. 거의 모든 자리에 앉아 보았지만 딱 한자리에 앉아보지 못한 채로 세 달간의 강연이 끝나는 동시에 화요일의 학림다방은 끝이 났다.
대학로에 갈 일이 생기면, 화요일인가 하고 생각하게 된다.

대학로 학림다방

새 노트를 꺼내서

오랜만에 긴 여행을 다녀온 후, 생활이 조금 달라졌다.

휴대폰을 적게 들여다보게 되고, 책을 읽거나 음악을 듣고,
바쁜 일정에도 느릿느릿 몸을 움직이게 되었다.
귀국하자마자 의뢰 받은 작업을 바삐 마무리했고,
친구들과 함께 작업실을 구해서 책상과 의자, 컴퓨터를 새로 사고,
집에 있는 물건들을 가져다 놓았다.
빳빳하게 재단된 도화지를 100장 샀다.
집구석에 두었던 색연필을 꺼내 책상 한쪽에 전부 꽂아두었다.

한동안 일기그림을 그리지 않았다. 25일만이다.
다시 이곳에서 그림을 그리고 글을 쓰기 위해, 책상 앞에 앉았다.

망원동 작업실

뭐라도
되겠지

돌고래가 안 되면 인어라도

수영 다닌 지 일 년째

익숙하다가도
낯선 재미

인생의 재미, 그림을 그려봅시다.

합정 용다방

넷.

그
사
람
과,

나는

내가
할 수 있는 것은
아무것도 없었다

마음이 멀어지는 것을 나는 보고만 있을 수밖에 없었다.

아무런 말도 할 수가 없었다. 내가 할 수 있는 것은 아무것도 없었다. 우리는 여전히 손을 잡고 길을 걸었고, 서로의 안부를 나누었지만, 이전과는 달랐다. 자주 그의 등 돌린 모습을 봐야 했고, 목소리를 듣는 시간도 줄어들었으며, 기다리는 시간은 늘어만 갔다.

하루가 길었다. 비가 오다 말다 했다. 가방에 있는 우산을 꺼내었는데 부서져 있었다. 쓸 수는 있는 정도였지만 한쪽 어깨는 자꾸만 비에 젖었다. 버스를 기다리는 정류장에서 사람들이 하나둘 떠나갔다. 한쪽 방향을 계속 보며 기다렸지만 버스는 오랫동안 오지 않았다. 휴대폰을 계속 보았지만 연락은 오지 않았다. 달려가는 사람들의 걸음에, 신발과 우산에 흙탕물이 잔뜩 튀어 더러워졌다.

나는 부서진 우산을 쓸 수도, 버릴 수도 없었다.

성미산 약수터 버스정류장

아니라고
할 수 없는
감정들

하지만 사랑이 아니었으면

대체 그것이 무엇이었을까 하는 감정들이 쏟아져나왔다.

새벽 택시 안에서

모든 게 다
꿈이었다면

그곳에서 당신과 만나 손을 잡고 걸었다.

웃는 눈을 봤고 웃는 입술을 보았고

나는 당신과 똑같은 웃음으로 웃었던 것 같다.

그것이 더할 나위 없이 행복해서, 나는 엉엉 울었다.

눈물이 볼을 타고 흘러서 잠에서 깼다. 꿈이었다.

당신을 만났던 모든 시간이 꿈이었다면,

당신과 헤어진 그날 오후가 꿈이었다면.

차라리 모든 것이 꿈이었다면.

행복한 꿈을 꾸다 울면서 잠에서 깼다

겪어도
겪어도 낯선

머물듯 스치듯,

되돌아와도 익숙해지지 않는,

돌고 도는 감정선.

건대입구 역 지하철 2호선 내선순환

Addio

"잘 있으오, 내게 사랑을 일깨워준 이여!"

(Addio dolce svegliare alla mmattina!)

한국예술종합학교 크누아홀에서 오페라 〈라 보엠〉

웃으며
이야기할 수
있을 때 끝난다

짝사랑만큼 사람을 초라하게 하는 것이 있을까. 타인을 좋아하는 기적 같
은 마음이, 걱정하고 그리워하는 마음이 아무런 가치가 없어지는 슬픔. 인
정하고 싶지 않지만 그랬다. 나 혼자 좋아했다. 단 한 번의 짝사랑을 경험
하고, 나는 두 번 다시 짝사랑 따위는 하지 않겠다고 다짐했다. 그래서 누
군가를 혼자 좋아할 것만 같은 마음이 생기면, 깊어지기 전에 그 마음을
떼어내어 버렸다. 그리고 웃기게도 나 또한 누군가의 짝사랑을 받아 보았다.

나를 사랑하지 않는 사람에게 받은 상처를 나 또한 내가 사랑하지 않는 사람에게 주고 있었다. 상처는 그렇게 사람을 잇고, 이어간다.

언니와 저녁을 먹고 우연히 들른 대학교 교정에 앉아 지난 짝사랑을 이야기했다. 웃고 떠들며 이야기를 하면서 깨달았다. 나의 짝사랑은 정말로 끝이 났다는 것을. 웃으면서 이야기를 할 수 있으니 말이다. 짝사랑은, 그럴 수 있을 때 비로소 끝나는 것이 아닐까. 그 당시에는 짝사랑을 인정하기가 싫었다. 아니 인정할 수가 없었다, 나만 그런 마음이라는 것을. 사실은, 혹은 언젠가는, 그도 나를 좋아할지도 모른다는 희망, 그런 것들을 놓지 못했다. 그래서 힘들었고 그래서 많이 울었다. 시간이 흘러, 나는 이제 울지도, 그리워하지도 않는다. 그의 모습조차 흐려졌다.

이제는 더 이상 사랑하지 않기에, 웃으면서 고백할 수 있다.
나는 그때 당신을 참 많이도 좋아했노라고.

오랜만에 들른 학교 교정에서

나에게는
아직
사랑이 오지 않았다

지금의 기분은 릴케의 시를 읽고 싶은 기분이다.

"나는 불안하였다.
아주 상냥하게 네가 왔다.
마침 꿈 속에서
너를 생각하고 있었다.
네가 오고
은은히 동화에서처럼
밤이 울려퍼졌다."
(릴케의 시 〈사랑이 어떻게 너에게로 왔는가〉 중에서)

나에게는 아직 사랑이 오지 않았네.

학교 도서관 뒤편 길

우리

친구 나 물고기 마음
우리 같이 다시 노래하네 그림 그리네
나 그리고 친구의 노래

제주 대평리 물고기 카페

같지 않지만
같이 있어줘서 다행이다

친구와 나는 다른 환경에서 다르게 태어났지만,
함께한 시간이 우리를 닮게 했는지도 모른다.
그리고 함께하지 않은 시간만큼 다르게 성장했다.

괜찮다. 친구와 나의 모든 것이 닮을 필요는 없을 테니까.
같지 않지만 같이 있어주는
너라는 친구가 있어서, 다행이라고 생각한다.

제주 협재 최마담네 빵다방

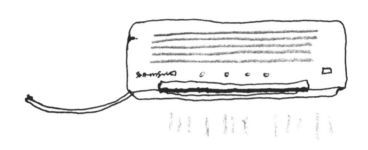

심부름 좀

여백아 수박 좀 사와 봐.

남는 돈으로 너 먹고 싶은 까까도 좀 사도 되고.

여기가 천국, 뒹굴뒹굴 내 방 침대

장난이
오갈 수 있는
사이의 뜻

장난 속에 숨겨진 진심과 무뚝뚝함에 새어나오는

위로를 느낄 수 있는 것은,

우리가 그만큼 특별한 인연으로 만났었기에,

말보다는 마음으로 알기에.

투셰프 레스토랑

단골, 간골, 사골

사장님께서 가끔 단골이라고 간골이라 하셨다.
요즘은 우려낸 단골이라고 사골이라 하신다.

한잔의 룰루랄라

결혼하는 친구의
뒷모습을 보며

사랑하는 친구야,

예쁘고 따스하게,

울고 웃으며 행복하게 잘 살아야 해.

소중한 친구의 결혼식

아, 네

듣기 좋은 말을 듣고 싶은 게 아니라
난 '대화'를 하고 싶다.

학림다방

내 꿈은
착하고
외롭지 않은 집주인

고향을 떠나와 서울 사는 사람들이 으레 그렇듯, 이사를 참 많이도 다녔다. 스무 살, 서울에 올라와 혼자 살기 시작했다. 학교 앞 3평짜리 고시원은 매우 답답했다. 조금 넓은 반지하 방에서는 술 취한 아저씨가 창 틈으로 소리를 지르며 손을 뻗었다. 무리한 월세로 계약하고 들어간 이층집에서는 주인 아저씨와 싸우고 6개월 만에 나왔다. 혼자 사는 것이 외로워서 언니들과 함께 세 칸짜리 방의 주택에 살기도 했다.

자주 이사를 다닌 가장 큰 이유는 돈이 없어서였다. 알바를 해서 돈을 벌어도 생활비와 월세를 내고 나면 끝이었다. 매달 매달 살기 위해 살아가야 했다. 늘 여유가 없었다. 내 집 장만이라는 것은 말 그대로 꿈이었다. 높은 곳에 올라 도시를 바라보며 늘 생각했다. 왜 저 많은 집 중에 내 집 하나 없을까. 몇 년을 떠나있다가 돌아온 서울 또한 마찬가지였다. 300에 30이라는 어느 노래 가사처럼 가진 돈 전부를 털어서 내가 살 수 있는 집은 공장 같은 지하 아니면 창고 같은 옥탑방이었다.

어찌어찌 살게 된 집은 홍대 외곽의 3층 옥탑이었다. 1층에는 주인 아주머니가 혼자 살고 계셨다. 다리가 아파서 계단을 오르기 힘들던 주인 아주머니는 시시때때로 올라와 이런저런 잔소리를 하셨다. 나는 그때마다 별 수 없이 네네, 하며 죄송합니다, 감사합니다, 라고 말해야 했다. 잘못한 것이 없어도 꾸중을 들었다. 주인 아주머니는 모든 말을 화내듯 하셨고 사사건건 따지고 드셨다. 화가 났지만 참아야 했다. 나는 세입자이기에.

그럴 때마다 생각했다. 내 집 마련이라는 꿈을 생각했다. 언젠가는 집주인이 되리라 생각했다. 그냥 집주인이 아니라 착한 집주인이 되고 싶다고. 내가 만난 집주인들의 행동을 나는 절대 하지 않으리라 생각했다. 지금의 나는 월세 살이를 하고 있지만, 언젠가는 돈을 많이 벌어 꼭 그렇게 되고 싶었다.

그렇게 옥탑방에 산 지 2년이 지나간다. 그사이에 주인 아주머니는 몇 번 아프셨다. 큰 수술을 하셨고 늘 혼자 계셨다. 나는 자주 인사를 건넸다. 추석이나 설날엔 작은 선물을 드렸다. 자전거를 타고 나갈 때 문이 열려있으면 잠시 이야기를 나누었다. 아주머니는 잠시 기다리라며 호통을 치시곤 냉장고에서 가래떡을 한 움큼 건네 주셨다. 냉동실에는 아직도 가래떡이 잔뜩 남아 있다. 종종 김치를 비닐봉지에 담아 문 앞에 걸어두고 가신다.

아주머니의 집 앞 화단에는 언제나 고운 꽃들이 가득하다. 자주 흙을 갈고 물을 주며 꽃을 피우신다. 애완동물은 안 된다며 고양이를 데려왔다고 화를 내셨다. '정 주면 내버리기 힘들어'라고 하셨다. 2층에 새로 이사온 집에서는 강아지 우는 소리가 들렸다. 중국에 다녀와서 건넨 별거 아닌 선물에 주인 어머니는 환하게 웃으시며 매우 기뻐하셨다. 자신도 이전에는 외국에 많이 다녔었다며 중얼중얼 또 반복된 이야기를 하셨다. 아주머니의 집 거실에는 아주 오래전에 그린 듯한 수채화가 액자에 걸려 있었고 작은 물고기가 깨끗한 어항 속에 살고 있었다.

주인 아주머니가 나에게 사사건건 트집을 잡으신 것은 나와 이야기를 하고 싶으셨기 때문이 아니었을까. 똑같은 말을 반복하며 화를 내셨던 것은 누군가와 이야기를 나누고 싶어서 그러셨던 게 아니었을까.

다시 한번 생각해본다. 나는 여전히 집주인이 되고 싶다. 착한 집주인이 되고 싶고, 외롭지 않은 집 주인이 되고 싶다.

옥탑방 우리집

살짝

고양이에겐 손가락 인사를

살롱드봉

굳이
얘기하지
않아도

아름이는 맥주 한 병 나는 차 한잔

홍대 어떤 카페

따로 또 같이

커피 고르는 것도 각자 취향껏,
하는 것도 자기 맘대로여도
우리 만나서 같이 놀자.

앤트러사이트

정답이 없기에
이야기가 필요하다

생명과 관련한 논제를 놓고
도덕의 사전적 정의를 정리하고
개인의 의무인지 사회의 책임인지
경중과 수치를 따져보며 고민하지만
결국 정답은 없다고 생각합니다.
정답이 없기에 생각하고 토론합니다.

'비판적 사고와 토론' 수업시간

시크릿 액션

모인 사람들 모두 이 세상에
잘못된 것이 많다는 것을 알고 있었다.
할 수 있는 게 많지는 않아도
뭐라도 할 수 있다는 걸 알고 있다.

하림씨 작업실 Atelier O에서 국제 엠네스티와 함께한
예술가들의 인권 토론 '시크릿 액션'

함께
기억하기

나랏말싸미 듕귁에 달아 문짜와로 서로 사맛디
아니할쎄 이런 전차로 어린 백셩이 니르고져 홇
배이셔도 마참내 제 뜨들 시러펴디 몯핧노미 하
니라

광화문 광장

이름을
공유하는 사이

우리 친해요, 진짜로.

이리카페에서 남자 봉현씨와

감사했어요

사장님, 첫 책 쓸 때 커피 한 잔 시키고
새벽까지 앉아 있어도 다정히 대해주셔서 감사했어요.

연남동 밥스바비

엄마와
나의 사랑법

엄마는 내가 모 배우와 결혼하는 꿈을 세 번이나 꿨다며 들뜬 목소리로 사람 일은 모르는 것이란다. 엄마라는 존재가 고슴도치 같다지만 '엄마 그래도 그건 아니야'라고 했더니 '우리 딸이 어디가 어때서!'란다.

엄마는 하루 한 번 딸이랑 통화하는 게 낙이라며 내 목소리를 들으면 환히 웃으신다.

엄마는 용돈 백만 원도 아닌 오만 원에도 신이 나서 그 돈으로 내 책을 사서 주변 사람들에게 선물한다. 내가 엄마의 딸이라는 사실이 엄마의 자랑거리란다.

엄마가 딸보고 한다는 말이 연애 많이 해보란다. 하고 싶은 거 있으면 뭐든 다 해보란다. 엄마는 배우지 못하고 이루지 못했으니 우리 딸은 엄마처럼 살지 말란다. 내 딸은 엄마보다 더 행복하게 살아달란다.

내 나이 때 이미 엄마였던 나의 엄마는 자신만의 꿈이 있었고 미래가 있었을 터인데, 나로 인해 내가 꿈이 되고 미래가 되었다. 그게 어떤 것인지 아무리 생각해보아도 나는 엄마의 마음을 다 헤아릴 수가 없다.

엄마는 엄마보다 나를 더 사랑한다. 그래서 나는 엄마보다 나를 더 사랑할 수밖에 없다. 엄마를 행복하게 하는 방법은 내가 행복해지는 것이다.

이게 못난 딸이 엄마를 사랑하는 방법이다.

엄마와 시장을 다녀온 후

아빠의
외사랑

아빠는 한 번도 나를 혼낸 적이 없고
외동딸이라 늘 오냐오냐해서인지
나는 무심한 딸이 되어버렸다.
어느 날 엄마가 말했다.
아빠가 너한테 삐졌다고.
딸내미가 연락도 없다고
섭섭해서 술을 드셨단다.

아빠와의 카톡방을 열어보니
내가 보낸 답장은 없고
"딸 뭐하노"
"우리 딸 자나"
"딸래미 밥은 먹었노"
같은 아빠의 말들뿐이었다.

아빠와의 문자 메시지함엔
내가 보낸 연락이 더 많았다.
"아빠 용돈 좀 주세요"
"아부지 이번 달 월세가 모자라서요"
라는 이야기들만 있었다.

아빠와의 메시지함을 보며

다섯.

어
느
새,

나는

언제 이렇게

아무 생각 없이 시간을 보낸 후에 문득 깨닫는 것.
손톱이 길었네.

카페 샌드박

돌아보게
되는 순간

문득, 지난 나를 만나는 순간이 있다.

길을 건너다가

시든 꽃도
아름답다

꽃 선물을 참 좋아한다. 생일 선물로 가장 많이 받은 것이 꽃다발이다. 금방 시들어 버려서 싫다고 하는 사람들도 있지만, 꽃을 선물하고 선물 받는 그 순간만큼 예쁜 선물은 아직 보지 못했다. 선물로 꽃을 받으면 잘 다듬어 걸어둔다. 그러면 그 상태 그대로 아주 조금씩, 바스락바스락 말라간다. 그렇게 몇 년을 간직해온 꽃도 있다. 나는 말린 꽃에 남은 그 아름다움이 참 좋다.

늙는 것이 두렵지 않다면 거짓말이다. 아주 어린 날에는 얼른 어른이 되고 싶다고 생각했다. 하지만 어른이 되어보니 나는 몸만 나이를 먹어갈 뿐, 정신은 어릴 적과 별반 다를 바가 없다. 하지만 세상은 나에게 어른이 된 대가를 요구하고, 나는 그 처벌을 받아들이며 견뎌내야만 했다. 그러다 보니 몸은 자연스럽게 닳아간다. 쓰고 쓰다 보면 닳기 마련이다. 하얀 피부에는 얼룩이 생기고, 웃는 눈에는 눈물자국이 남고, 이마에는 인상 쓴 자국이 남았다. 배 속에는 음식의 잔재가 쌓이고 다리에는 흉터가 남았다. 잠을 자는 시간은 더 이상 아늑하지 않고, 깨어나는 아침은 더 이상 희망으로만 가득하지 않다. 하지만 아직도 꽃 같은 나이다.

누구나 꽃이었다. 싹을 틔워 잎사귀를 내밀고 꽃이 피는 한순간이 인생에서 가장 아름다운 순간일 것이다. 시들지 않는 꽃이 있다면 좋겠지만, 그런 꽃은 없다. 그리고 시든 꽃도 여전히 아름답다고 생각한다.

꽃 선물을 받은 날

그때의 우리

두 번 다시 오지 않을
결코 다시 돌아갈 수 없는
너와 나의 그때 그 바다

2년 전 9월의 제주

인생은
노랫말

인생은 롤러코스터 같다는 이야기를 노래하겠어요~

우리집 소파 위

서른 즈음

함께 서른을 준비하는 동갑내기 친구들의,
생일을 축하합니다!

Happy Birthday To Me!

시간을
붙잡아 두고
싶어서

김창완 선생님을 만났다. 나란히 앉아 봄이 찾아온 산을 바라봤다.
산에 핀 꽃나무의 분홍색 노란색이 예쁘길래 스케치북에
그림을 그렸다.
선생님이 말하셨다. 네가 기록하는 동안 놓치는 것이 많을 거라고.
고개를 들어보니 새가 우는 소리가 들리고 바람이 불어왔다.
그림 속에는 소리도 바람도 담을 수 없다.

"유치한 동화책은
일찍 던져버릴수록 좋아
그걸 덮고 나서야
세상의 문이 열리니까
아직 읽고 있다면
다 읽을 필요 없어
마지막 줄은 내가 읽어줄게
왕자와 공주는
그 후로도 오랫동안
행복하게 잘 살았답니다
그게 다야"
(김창완의 〈시간〉 중에서)

나는 아직도 동화책을 읽고 있었는지도 모른다.
내가 주인공인 책은 다를 줄 알았다.
아니면 그냥, 나도 그냥
"오랫동안 행복하게 잘 살았답니다"
그런 결말을 믿고 싶었는지도 모른다.
마지막 페이지 그 너머에도 아직 삶이 이어지는데
눈을 감아 버렸다. 보고 싶지 않아서.
나는 시간을 멈추고 싶어서
이제껏 그림을 그리고 글을 쓰면서 기록하고 있는 걸까.

인왕산 입구에서

여름의 정점

뜨거운 시간
그늘진 얼굴

대학로 마로니에 공원

노란 책방
이야기

연남동이 아직 조용했던 때, 작은 책방이 별로 없던 시절. 어느 날 동진시장 안쪽 길에 짜잔 하고 등장한 노란 책방에는 컬러풀한 그림책이 가득했다. 그림책만 판다는 손글씨가 붙어있었다. 오픈날이 내 첫 책 출간일이었다. 그림이 가득한 내 책도 책장 한 자리를 차지할 수 있었다. 나는 자주 들러 내 책 첫 페이지마다 감사하다는 글과 사인을 남겨 놓거나, 한참 그림책을 보다 갔다.

사장님은 놀러오는 동네 사람들에게 요구르트나 사탕 같은 것을 건네 주셨고 가끔 고양이 키오와 하트가 놀러왔다. 동네 길 고양이도 들러 밥 먹고 갔다. 우리 동네에 그림책방이라니, 동화 같은 장소였다.

조용했던 골목엔 찾아오는 사람들이 늘어갔고 가만히 앉아 그림을 들여다 보며 이야기를 나누는 시간은 점점 줄어들었다. 이젠 그 골목에 노란 책방은 없다. 때때로 그립다. 동네 아이가 와서 반짝이는 눈으로 동화책을 들여다보던 순간들이.

책방 피노키오

나이를 먹어도
똑같애

이십대 동생
삼십대 나
사십대 언니의 고민

1 연애 참 어렵다.
2 돈 벌기 어렵다.
3 여행 가고 싶다.

봉쥬르 하와이

계절의 경계

반바지에 코트, 우산을 폈다 접었다,
이러지도 저러지도 못하는 계절.

여름과 가을 사이

시간이
더디 가는 듯

가을이 아직 이곳에

학교 가는 길

나이를
먹는다는 것

나는 서른까지 나이를 먹었고
어린아이의 기억을 그대로 가지고 있지만
노인의 기분은 알 수가 없다.
오지 않을 것만 같은 죽음의 문턱은
누구에게나 오는 당연한 것임에도 불구하고
청춘이 영원할 것만 같은 착각에 빠져 있다.

사랑하기도 하고
상처받기도 하고
누군가의 눈빛에 무너지고
스스로의 모습에 절망하는

막연히 궁금했던 것들을 경험하면서
차라리 이젠 더 이상 알고 싶지 않아도
끊임없이 어제 오늘 내일이 계속된다.
그렇게 어린아이는 노인이 되어간다.

책들의 시간 앞에서

스무 살이
그렇게 끝날 줄
미처 몰랐다

한 학기만 쉬고 와야지 했던 휴학은 6년 동안 계속 됐고 돌아온 학교에는 아무도 없었다.
반질거리던 학교는 낡아버렸고 동기들은 모두 졸업한 뒤였다. 연필 사각거리는 소리가 가득 찼던 드로잉실과 웃음 소리 끊이지 않던 과실은 추억이 되었다.
함께 울고 웃던 동기들과의 스무 살 적 시절이 그때는 아무것도, 별것도 아닌 줄 알았다. 스무 살이 그렇게 금방 끝나버리는 줄, 그때는 전혀 몰랐다.

건국대학교 예술문화대학 테라스

문득 공기가
차갑다

또 다시, 겨울이 왔구나.

추운 대학로 거리

이제는
혼자여도
편한

5년만에 복학한 학교에는 나를 아는 사람이 교수님밖에 없었다. 온통 동생 그 이상의 후배들이었고 나는 까마득한 선배였다. 군대 다녀온 것도 아닐 텐데 싶은 이상한 여자 선배. 혼자 학교에 가고 수업을 듣고 과제를 하고 밥을 먹는 것이 그다지 나쁘지는 않았다. 스무 살 새내기 때와는 달리 나는 이제 혼자인 것이 오히려 편한 나이가 되어버렸으니까.

2호선 지하철을 타고 건대입구역에 도착하면 건널목을 건넌다. 사람들과 같은 방향으로 같은 걸음의 속도로 학교에 들어선다. 네모난 강의실에서 딱딱한 의자에 앉아 지루한 수업을 듣다가 화장실에 가는 척하고 테라스에 가서 담배를 피우기도 한다. 수업이 끝나면 도서관을 서성이다가 새로운 책을 발견하면 빈 강의실에 들어가 책을 읽다 다음 수업에 가곤 했다. 늘 이어폰을 끼고 음악을 듣거나 중간중간 책을 읽었다.

밥은 학생회관에서 혼자 먹었다. 대부분이 여럿이었지만 나처럼 혼자인 학생들도 많다. 배고픔만을 허겁지겁 때우는 듯 눈치를 보며 먹었다. 삼삼오오 수다 떨며 즐겁게 밥을 먹는 학생들과 달리 혼자인 자신이 스스로 애처롭게 느껴지는지도 모른다. 왠지 주눅이 든 듯한 어깨와 옆 의자에 놓인 구겨진 가방.
하지만 뭐 어떠랴. 괜찮다, 점심은 가방이랑 먹어도.

건국대학교 학생식당

겨울의 설렘

첫눈을 기억하며
행복의 겨울로 갑시다.

눈 오는 12월에

아직도
겨울

오후부터 늦은 밤까지 작업실에서 시간을 보내고 있다.
곧 봄이 올 거라는데
추워서 난로에다 라디에이터를 하나 더 장만했다.

망원동 작업실

소리소문 없이

봄이 오나요?

합정동 골목길

그때 그 풍경은
이제 없지만

이제는 역사 속으로 사라져 가는, 실내 흡연. 글을 쓰면서, 책을 읽으면서, 마주앉아 이야기를 나누면서 담배를 피우던 카페의 풍경은 이제 없다.

캄캄한 밤 새카만 커피를 마시며 회색 담배연기를 뿜어내던 추억의 작업 공간, 용다방. 담배도 팔고 성냥도 나눠주었다. 이제는 국민건강을 위한다며 나라의 법이 바뀌었고 나도 바뀌었다. 그래도 용다방은 연기 빼고 그대로인 것 같다. 그래도 가끔 그립더라. 짐 자무쉬의 영화 〈커피와 담배〉를 볼 때면 더욱 그렇더라.

합정 용다방 스모킹 드래곤

간간히 비

동생 하지혜랑,
비 오다 말다 하지예.

홍대 워너커피

여섯.

그곳에서,
나는

여행의 이유

지칠 때면, 잠시 떠나보는 것도 좋다.

바다 앞에 하염없이 앉아서

그곳으로 가네

"하늘에 떠가는 구름들처럼
바람은 자유롭지
바람에 날려간 나의 노래도
고운 한 마리 새가 되면 좋겠네
바람이 불어오는 곳
그곳으로 가네"
(故 김광석의 노래 가사들 중에서)

바람이 불어오는 곳

낯선 것에
마음을 빼앗긴다

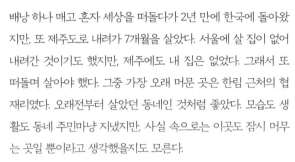

배낭 하나 매고 혼자 세상을 떠돌다가 2년 만에 한국에 돌아왔지만, 또 제주도로 내려가 7개월을 살았다. 서울에 살 집이 없어 내려간 것이기도 했지만, 제주에도 내 집은 없었다. 그래서 또 떠돌며 살아야 했다. 그중 가장 오래 머문 곳은 한림 근처의 협재리였다. 오래전부터 살았던 동네인 것처럼 좋았다. 모습도 생활도 동네 주민마냥 지냈지만, 사실 속으로는 이곳도 잠시 머무는 곳일 뿐이라고 생각했을지도 모른다.

시간이 지나 서울에 올라와 집도 구하고 돈벌이도 하며 살다가, 오랜만에 제주에 다시 내려갔다. 예전처럼 해변을 거닐고 포구에서 별을 보았다. 뻔한 동선과 익숙한 풍경들이어서 새로움은 없었다. 그러던 어느 오후, 옆 마을 금능에 들렀다가 다시 협재로 돌아가는 길이었다.

바다를 왼편에 두고, 야자수들을 오른편에 둔 해변길이 있다는 것을 알게 되었다. 왜 이렇게 좋은 길을 모르고, 차가 다니는 도로를 따라 몇 개월을 다녔던 것일까. 익숙했던 풍경이 다시 한번 낯설어지고, 나는 또 한번 낯선 여행자가 된 기분이었다. 이곳이 문득 낯설어짐에, 나는 갑자기 설레기 시작했다.

어디에서도 살듯 여행하고, 여행하듯 살고 싶었다. 그리운 것보다는 낯선 것에 나는 더욱 마음을 빼앗긴다. 떠돌 듯 살아야만 하는 것인가, 하는 마음에 조금은 슬퍼졌다.

익숙한 제주에서 낯선 풍경을 발견하고서

이유를
생각할 수 없이

언제부터였는지 처음부터였는지 설렘 때문이었는지
추억 때문이었는지 정확한 시간도 이유도 설명할 수 없지만,
나는 이 풍경을 너무나 사랑하고 있다.

비양노가 바라보이는 협재 해변

제주
가는 길

내가 지금 제주를 가는 건지, 중국을 가는 건지

김포공항

평화의 상징은
고양이

나무 그늘 아래 고양이 애교에 살살 녹네

제주 고산리 제주에내집

이렇게 살아도
좋지

사리언니는 낮잠 주무시고
지걸삼촌은 낚시 가셨더라.

제주 대평리 티벳풍경

하다 보면
하루가
가던 곳

가진 것 없이 서울에 돌아왔을 때
서울에 살 곳이 없어 제주로 내려온 내게 집이 되어주었던 곳.

아침에 일어나면 스프를 먹고 빨래를 돌리고,
씻고 산책을 하고 돌아와서 빨래를 말리고,
책을 보다가 점심을 먹고 나서 빨래를 갰다.
차곡차곡 갠 이불과 베개를 손님들에게 전해주다 보면 저녁이 되었고
놀다보면 하루가 끝났었다.

몇 년 후 손님이 되어 놀러와 보니
그때의 나와 똑같은 하루를 살고 있는 언니들이 있다.

제주 협재리 쫄깃쎈타

이곳에 산다면
느낌이 다를까

제주에 살고 싶기도 하지만
이곳에 살지 않기 때문에
이곳이 좋은 것이 아닐까 생각한다.

카페 그곳

식차적응

서울 오자마자 육지음식은 빙수부터!

설빙 홍대상수점

다시
일상 모드

현실로 돌아왔으니, 일을 하자.

여행 다녀 온 후, 현실과 꿈 사이

언제
어디에 있든,
나답게

늘 내 가방에 들어 있는 것들이 있다.

책 한 권과 책갈피, 그림노트와 낡은 필통,

언제든지 글을 쓸 노트북, 오래된 지갑, 가방 한쪽에는 작은 우산,

노래를 들을 수 있어 다행인 이어폰,

충전기가 담긴 작은 주머니, 물통과 목도리까지.

나를 가장 잘 표현하는 내 것들. 무겁다고 생각해 본 적은 없다.

이것들이 있어 나답게 하루를 보내고,

나답게 살아갈 수 있다.

어느 하루, 가방을 뒤적이다가

봉현
↓

어느,
어느
하나일끼

∬ 언제든 들을수있기
∬ 다행이다

계절이라 책과

오늘은 내가가장
좋아하고 편한,
계절코트 야상을
입었다.

온도온드,

계절이라 ↓

언제든
곤돈쓰수
있게 노트
북

온도온드,
책갈피

언제나
가방과 깍게

작은 우산

옷통

지갑
(대력)

늘 내 가방에는
이것들이
들어 있다.

나를 가장 잘 표현하는
내 것들, 이것들이 있어 나답을수 있다.

두꺼운
목도리

한지가
담긴
작은
가방

저쪽의
시선을
만나다

컬러풀한 아프리카를 만나러 왔습니다.

사진공간 빛타래의 케이채 사진전

기억을
불러일으키는 곳

이곳에 오면,

인도와 네팔에 다시 가고 싶다.

사직동 그가게

기억을 새기다

나는 한 달 넘게 화살표를 따라 걸어본 적이 있다.

길은 하나뿐이었고 그저 계속 걸어야 했다. 내가 걸어갈 방향은 화살표가 알려주었다. 화살표를 따라 걷다 보면 또 화살표가 방향을 알려줬고, 길을 잃으면 화살표를 찾으면 됐다. 나는 그저 이어진 화살표를 따라 걷기만 하면 그뿐이었다.

단순했다. 선택할 필요가 없었기에 고민도 없었다. 고민하지 않았기에 후회도 없었다. 모든 것이 거스름 없이 흘렀고, 바람이 불어 잎사귀가 흔들리는 것처럼 자연스러웠다. 길과 길이 이어진 그 사이 어디쯤에서 나는 계속해서 걸을 수 있었다.

어느 날 경복궁 길을 걷다 노란색 화살표를 발견했다. 다음 골목에도 또 있었다. 몇 년 전 여행했던 스페인의 산티아고 순례길 표식이 한국에도 있었다. 세상의 모든 길은 이어진다고 하던 누군가의 말처럼, 지금 내가 있는 곳도 그곳과 이어졌을지 모른다.

삶에는 정해진 방향이 없고, 화살표도 목적지도 없다.
살면서 선택과 고민이 끊임없을 것이고, 그로 인한 후회도 어김없이 남을 것이다.
나는 늘 내가 걸어갈 방향을 정해야 한다. 혹은 걸을지, 달릴지, 멈출지도 결정해야 한다.
한가롭게 쉬어 갈 틈은 잠시뿐, 삶은 온통 내 선택들로 이루어진 것.

타투이스트를 찾아가 카미노의 상징인 조개껍데기를 오른쪽 발목에 새겼다. 언젠가 내가 스페인의 어느 길 어딘가에 멈춰 서서, 앞에 펼쳐진 길고 아름다운 길을 바라보며 설렘에 벅찼던 때가 있었음을 기억하고 싶었다. 내 삶의 전환점이라 해도 과언이 아닌 그 길의 의미를 간직하고 싶었다. 바늘이 살을 찌르는 찌릿한 아픔만큼 지금도 기억이 깊다.

Noya Tattoo 작업실

무겁지만
가볍게

나는 배낭여행자.

전 세계를 돌아보고 싶다.

아직도 가보지 못한 곳이 많다.

캐리어는 필요 없다.

내게 필요한 것만을, 내가 짊어질 수 있는 무게만큼을 어깨에 맨다.

어디든 언제든 내 두 발로 걸어 그곳으로 간다.

떠난다, 또 다른 곳으로.

내 몸만 한 가방을 짊어지고

알고는
있었지만

중국의 첫인상— 넓다, 크다, 많다.

베이징에 도착한 날

지루함도
그리움이 된다

서른다섯 시간 동안 먹고 자고 책 읽고 그림 그리고
멍 때려야 하는 기차 안.
이 시간이 지나고 나면 이 지루하고 불편하던 시간을 떠올리면서
그래도 좋았다며 그리워하기도 하겠지.

베이징에서 쿤밍 가는 기차 안에서

삶처럼 여행,
여행처럼 삶

어디를 가더라도
거기가 내 방이고 내 침대고
내 물건들과 내 일상이 그대로라면
어디서도 살 수 있으니.
여행이 삶이 되고
삶이 여행이 되고.

중국 호스텔에서

사람이
정겹다

정신 없고 지저분하고 낯설어도
난 역시 사람 사는 모습,
냄새, 이야기가 있는 곳이 좋다.

베트남 하노이에서

특별한 여행

특별한 어디에도 가지 않고
특별히 아무것도 하지 않는
조용하고 평화로운 여행 날

베트남 훼의 호텔 테라스에서

끝이 있어야
시작도 있다

여행을 떠나면 늘
시간은 빠르게 흐르고
여행은 짧게만 느껴진다.
하지만 기억해야 한다.
여행을 끝내고 싶지 않아도
일상으로 돌아가야 하는 날은
반드시 있을 수밖에 없다는 것을.
또다시 여행을 하고 싶다면,
돌아가야 한다. 다시 떠나기 위해.
다시 시작하기 위해.

베트남과 캄보디아 국경에서

일곱.

잠
시,

나는

삶의
대부분은

기억에 남는 것은 행복 혹은 불행에 가까운 깊은 감정이지만
삶의 대부분을 차지하는 것은 아무런 감정도 없는 무료한 시간들이다.

카페 아이들 모먼츠

길을 가다

멈춰서서 바라본

오늘 서울 하늘은

단정하고
쌉싸름한

단정하고 쌉싸름하다는 표현이 떠오르는 아메노히 커피점. 동교동 언덕길, 다리 조금 아래 길목에 자리잡고 있다. 차분한 목소리의 일본인 마스터가 인사와 메뉴판을 건네주고, 바에는 늘 혼자인 손님이 책을 읽고 있다. 이곳에서는 커피보다는 호우지차를 마신다. 맛차 케이크는 매우 진하고 쌉싸름하다. 공간도 주인도 손님도, 간판도 물건도, 차도 케이크도, 모든 것이 한마음 같다.

명확한 취향을 가진 사람과 공간을 매우 좋아한다. 이것도 저것도 괜찮아 보여서 잔뜩 쌓아놓은 서랍 같은 것 말고, 어울리고 아끼는 것들만 고르고 골라 정갈하게 놓아 둔 선반이 더욱 매력적이다. 그런 사람의, 그런 공간에 들어서면 나 또한 그 취향의 일부가 되는 것 같다. 나도 아메노히에서는 단정하고 쌉싸름하게 시간을 보내다 간다.

아메노히 커피점

기다리는
즐거움

갓 나온, 따끈하고 바삭하고 부드러운 고로케를 먹으며
친구를 기다리는 오후 네 시.

오군 수제고로케

커피 냄새와
빗소리만이

빗방울이 떨어지길래 커피를 마시러 들어왔다.
빗줄기는 길어졌고 사장님은 천천히 커피를 내리셨다.
빗소리가 거세어지자 사람들은 고개를 들어 창 밖을 내다봤다.
카페에는 커피 냄새와 빗소리만이 가득 찼다.

커피상점 이심

사이

시간이 흐르는 모습을
무료하게 지켜본다.

이태원과 녹사평 사이 카페 보통 옆 골목

잠시
다른 것도
해보는 걸로

주위에 그림 그리는 사람보다 음악가 친구가 더 많은 것 같다. 기타 위로 자유롭게 손가락을 움직이는 지인들을 슬쩍슬쩍 어깨너머로 보면서 '나도 언젠가는 기타 배워야지, 꼭 배워야지' 하며 몇 년이 흘렀다.

어느 날 문득, 이대로는 평생 기타를 치지 않겠구나 라고 깨닫고 무작정 낙원상가에 가서 기타를 샀다. 줄 하나 제대로 누를 수 없었던 내 연약한 손가락은, 굳은살이 박여가면서 코드를 하나씩, 노래를 한 곡씩 익혀갔다. 하루에 네다섯 시간씩, 몇 월 동안 기타에 푹 빠져 놀았다. 물론 어느 정도의 연주가 되자 연습을 게을리하면서 어느 정도의 실력에서 멈추어버렸다. 진지하게 음악을 해볼 생각은 전혀 없다. 가끔의 즐거움만으로 만족한다. 노래를 잘 부르지도 기타 연주를 멋지게 하지도 못하지만, 나는 기타 치며 노래하는 것이 좋다.

그림만 그리다가 기타를 치고 노래를 하는 것, 평생 몰랐을지도 모를 인생의 즐거움을 하나 발견했다. 나의 길과는 조금 다른 갈래 길에 들어서서, 잠시 쉬기도 하고 놀기도 해봐야 한다. 한 길만 직진해서 가면 아쉽지 않을까? 내가 보지 못한 수많은 길이 모든 곳에 펼쳐져 있는데.

빠리살롱

작은 행복

홍차와 허브티 향기,
쿠키와 마들렌 굽는 냄새.
새벽의 우연한 선물.

티 전문점 오후의 작은선물

일단

시원한 물 한 잔 먼저 주시겠어요?

폭염 속에 자전거를 타고 와서

게으를
자유

나태하게 음식을 먹고
게으르게 누워 있고 싶다.
인간은 게으를 필요가 있고
게을러도 세상은 잘만 흘러간다.

지치면 가끔은

지난
내 시간이
남아 있다

몇 년 동안 이 골목에서 한결같이 자리 잡고 있는 카페, 비하인드.
오래전 나도 그 근처의 어느 카페에서 알바를 오래 했었다. 사장님도, 단
골들도 모두 친한 언니 오빠였던 우리들만의 아지트. 홍대에 카페를 열었
다는 사장 오빠의 말에 가본 2층 카페는 홍대라고 하기엔 너무 구석지고
외딴 곳에 자리 잡고 있었다. 그곳이 몇 년이 지난 지금에는 너무나 번화하
고 정신 없는 거리가 될지는 전혀 몰랐지.
나는 요즘도 그 길을 지날 때마다 2층을 올려다본다. 지금은 뻔하디 뻔한,
흔한 술집이 되어버린 모습을 본다. 우리가 그렇게 행복하게 웃고 떠들고
울며불며 함께했던 추억이 가득한 공간은 흔적조차 없다. 그곳은 더 이상
그곳이 아니게 되어버렸다. 그때 함께했던 사람들 또한 각자의 곳으로, 각

자의 삶으로 뿔뿔이 흩어져서 안부조차 묻지 못하는 사이가 되어버렸다.
그 옆 골목에서 아직도 자리 잡고 있는 비하인드. 나는 가끔은 혼자 그곳
에 가서 키오스크 프렌치 토스트를 먹으며 글을 쓰고, 친구와 함께 들러
말차라떼를 마시며 대화를 나눈다. 비하인드의 모든 자리에 앉아 보았지
만 어디든 괜찮았다. 합정에 왔는데 가고 싶은 곳이 없을 때는, 이곳에 가
게 된다. 변함없이 그곳에 있다는 것만으로도 지난 내 시간이 남아 있는
기분이다.

홍대 비하인드

낯선 공기

겨울 아침의 낯선 햇살
익숙한 곳의 낯선 기분

오픈하자마자 들어간 나 홀로 카페

책의 이야기가
머무는 곳

책을 만드는 사람들의 사랑방

헬로인디북스

초록 돌고래가
선선한 선풍기 바람에
헤엄치는 책의 바다

혜화동과 명륜동. 꼭 한번 살아보고 싶은 동네다. 이름 또한 예쁘다. 혜화,
명륜보다 대학로라는 이름으로 불리우는 이곳을 좋아하는 이유 중 하나
는 이음 책방이 있기 때문이다.

이음은 여느 대형 서점과는 달리 공간 구석구석 다양한 책들이 한 권 한
권 정성스레 쌓여 있다. 짧지 않은 시간의 흔적이 배어 있는 분위기와 정
돈된 책장. 대학로에 연극을 보러 가거나 약속이 있는 날이면 반드시 이음
에 들렀다.

이음과의 인연은 내 첫 책《나는 아주 예쁘게 웃었다》의 전시를 하게 되면
서였다. 출판사 대표님이 후원자로 참여하고 계시는 곳. 그림 전시를 했을
때 많은 사람들이 와서 축하해 주었고 이곳에서 여러 사람들을 알게 되었
다. 근처에 사는 배우 분이나 작은 출판사 편집자님, 동네 아이들과 일본
인 어머니와 예쁜 소녀까지. 조용한 듯 무심한 듯 보이는 사장님은 매우 유
쾌하고 귀여운 분이셨다. (무뚝뚝한 첫인상의 사장님들은 친해지고 보면 다들 귀요
미셨다.) 날이 더운 날에는 시원한 물 한 잔을 건네주시고 추운 날에는 따
뜻한 매실차를 주셨다. 예쁘게 깎은 과일을 나누어 먹기도 하고 여럿이 모
여 제주 강정에서 보내온 감자로 감자전을 부쳐 먹기도 했다. 이음은 그냥
책방이 아닌 나에게 특별하고 소중한 공간이 되었다.

책방 천정에는 윤호섭 교수님이 그린 초록 돌고래가 선풍기 바람에 흔들려
헤엄치고 있다. 종이에서 나는 특유의 냄새와 책을 넘기는 조심스러운 소
리, 조용하며 아늑한 계단 아래의 공간은 너무나 평화롭다. 녹색평론에서
나온 투박한 책과 범우사의 자그마한 문고판을 뒤적이다 보면 금세 시간

이 지나간다. 동네 학생들이 와서 자원봉사를 하며 책을 읽고, 책에 대한 이야기를 나누는 모습은 참으로 부럽기까지 했다. 학교가 아닌 책방에서 보는 책, 그 이상으로 책을 공감하며 배우는 것은 나이가 들어가는 동안에 얼마나 큰 공부가 될 것인가. 책방이라는 곳이 참 소중하다는 사실을 잊지 말아야 한다. 술집과 쇼핑센터만이 가득한 도시의 한 쪽에 잠시 쉬어가며 책을 마주할 수 있는 곳이 있다는 것이 참 다행이다.

대학로 책방 이음

우산 또는
발걸음

좁다란 명동길에 비가 내리고

명동 커피빈 구석진 자리

책이 있는
저녁

책이 가득한 곳에서

책 읽다가

책 쓰다가

책 보는 저녁

빨간책방 Cafe

저절로 미소가

날씨 조오타~

봄날

그만 놀자

자전거 타고 나와
밥 먹고 빙수 먹으며
만화책 보다 보니 해가 졌다.
집에 가서 일할 시간이다.

연남살롱

음식의 온기

힘들어도 다 잘 먹고 잘 살자고 하는 짓이다.
기왕이면 맛있게 먹고 행복하게 살자.

효자동 두오모

여기 다 있어요

삶의 즐거움은 먹고 마시고 읽고 그리고 이야기하는 것.

어쩌다 가게

내일은
색다르게

어느 날

머리를 짧게 잘랐다.

비오는 날 카페 꼼마

혼자인 시간

요즘은 혼자인 시간이 두려워서
반드시 혼자인 시간을 가지려고 한다.

오늘도 사람 많은 홍대 거리

그저 흘러가듯이

고민하지 않고 억지로 두지 말고
그저 흘러가듯이 하나하나 꾸준히 천천히

뭔가 풀리지 않을 때 기타 치기

그 거리의
냄새

월요일 오후 네 시의 사직동 길, 교복을 입은
여자아이들이 두셋 웃고 떠들며 내려가고 엄마
손을 잡은 아기가 벽에 핀 담쟁이를 살짝 어루
만지다 갔다. 도서관과 학교들을 근처에 둔 작
은 길목에 자리 잡은 짜이집은 오늘 문을 닫았
다. 그래도 짜이 향신료 냄새가 나무 문 틈새로
옅게 배어 나온다.

사직동 그가게 앞

*바스티앙 비베스의 《염소의 맛》을 패러디함

초보의
꿈

나도 유연하고 부드럽고 섹시하게 수영하고 싶다.
현실은 첨벙첨벙 쿨럭쿨럭…

여전히 즐거운 수영

삐이이익

우리집 고양이는 돌고래 소리를 낸다. 초음파인 듯.

망원동 작업실에서 여백이와 까리

바람이 분다

그토록 덥더니
선선한 바람이 불어오기 시작했다.

서울 여름 끝

유럽에 간
친구의 사진을
보니, 나도
유럽에런가
길가에 앉아
놀라웠고

지미
불러더 책을
읽다가서
나무 아래에서
맨발로
뒹굴며 책읽고
싶어졌다.

안녕,
이름이 뭐니?

오늘 만난 열두 살 친구

망원동 밥집 앞에서

혼자예요?

아저씨 저도 언젠가 백반에
반주를 할 수 있게 된다면
함께 먹어도 좋겠네요

어느 골목 가정식 백반집

작업실 가는길에 첫끼니를 챙기러 동네 백반집을 찾았다.

노랑머리에 빈티터지게 입은 여자애가 혼자 들어오니 밥먹던 아저씨들이 흠칫..! 주인 아주머니도 의아한 눈빛으로 물어보셨다.

혼자예요? 하나?

난 당당하게 혼자 유스를 보며 밥을 기다린다.

좋은 음식 안 나눌 유스를 평생 한번이라도 볼 수 있을까..

빠-!!

반찬 9개에 국+밥. 아주머니가 계란입힌 생선까지 갓 구워주셨다. 아름다운 가격 5000원에..

식당에 들어오는 아저씨들도 흠칫.. 안에 있다 나오신 주인아저씨도 흠칫..

냠냠

흠칫

흠칫

봉환

달의 노래

I'm lying on the moon 난 달 위에 누워 있어요
My dear, I'll be there soon 내 사랑, 곧 그리 갈게요
It's a quiet and starry place 그 곳엔 조용히 별들이 빛나죠
Time's we're swallowed up 시간은 모두 사라지고
In space we're here a million miles away
그리고 우리는 수만 리 떨어진 그 공간에 둘만이 함께해요

There's things I wish I knew 알고 싶은 것들이 있어요
There's no thing I'd keep from you 당신께 숨기는 건 없어요
It's a dark and shiny place 어두우면서 빛나는 그곳
But with you my dear 내 사랑 당신과 함께라면
I'm safe and we're a million miles away
난 좋아요 수만 리 떨어진 그 곳에
(영화 〈her〉 OST 중에서)

어떤 밤

멈춤

아무것도 하고 있지 않아도
아무것도 하고 싶지 않은 날씨

망원동 카페 부부

내가 있는
자리는

내가 어떤 사람인지를 보여준다.

망원동 작업실

지옥커피

악마(?)가 내려주는 검은 물

이태원 헬카페

계속 그곳에
있어주길

늘은 밤 작업실에서 집으로 돌아가는 길이 쓸쓸할 때, 조금 낯설지만 친근한 사람들과 즐겁게 웃고 싶을 때, 혼자 있고 싶지만 혼자인 것이 슬플 때, 마음을 둘 곳이 필요할 때… 그곳에 갔다.

늘 좋은 노래가 나오고 그 노래를 만들고 부르는 사람들이 찾아온다. 밤이 깊어가면 하나둘 사람들이 모인다. 모여 놀거나 각자의 일을 한다. 책장에는 신간부터 고전까지 온갖 만화책들이 쌓여 있고 잡다한 물건들이 정신 없이 어질러져 있다. 짧지 않은 시간 동안의 이야기가 구석구석 숨어 있고 다녀간 사람들의 흔적이 곳곳에 배어 있다.

모두가 '라장님'이라 부르는 사장님은 언제나 웃는 얼굴로 반겨주신다. 조용히 앉아 있으면 아무것도 묻지 않으셨다. 늦은 밥때에 찾아오면 식사는 했느냐고 물어봐 주셨다. 하루가 멀다 하고 나는 이곳에 가서 아무것도 하지 않는 듯 많은 것들을 했다. 글을 쓰고 그림을 그리고, 책을 읽고 음악을

듣고 사람들과 놀았다. 보드게임도 하고 맛있는 것도 먹었다. 그저 놀았던 것일 수도 있지만 허무하게 낭비된 시간은 하루도 없었다. 매일같이 들러 오늘도 어제처럼 있어도, 전혀 지겹지 않았다.

마음이 편했다. 즐거웠고 재미있었다. 오랜만에 들러도 어제 왔던 것처럼 당연한, 어제 왔었어도 오랜만인 것처럼 반가운, 내가 어떻든 그곳은 여전했다. 나는 울다가도, 그곳에 가면 웃을 수 있었다.

때로 소중한 것이란, 나의 의지와는 별개로 문득 그렇게 되어버렸음을 깨닫기도 한다. 의식하지 못하는 동안, 이미 그렇게 되어버렸음을 깨닫는다.

한잔의 룰루랄라

여전한 듯
변해가는 것들

연남동에 살면서도 오랜만에 들른 동진시장. 코리아 식당에서 밥을 먹고 피노키오 책방도 가고 헬로인디북스에도 인사를 하고, 라떼 마시러 커피 리브레에 왔다. 혼자 앉아 몇 년 만에 동진시장을 그렸다. 이 골목은 여전한 듯하면서도 사실 많이 변했고, 계속 변해간다. 대우세탁소는 곧 문을 닫는다고 한다.

연남동 동진시장

시작은
커피

예를 들어 카페인이 사는 데 꼭 필요한 것은 아닐 텐데
습관 혹은 취향이던 것이 이제는 필수가 되어버렸다.

원고 마감 중

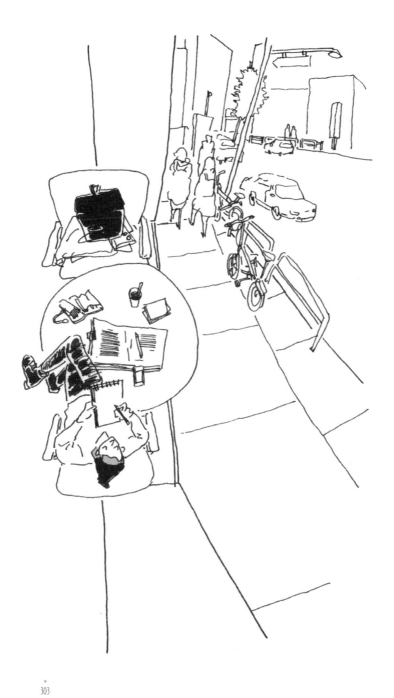

반짝반짝,
어른이 되어간다

2016년, 스무 살이었던 친구와 나는 서른이 되었다. 그리고 1월 23일, 친구 두 명이 연인에서 부부가 되었다. 나는 처음으로 결혼식에서 울어버렸다. 우리는 서로가 목격자인, 부끄럽고 서투르던 어린 시절을 넘어, 여기까지 왔다. 친구가 잘 해나가고 있구나, 우리가 변해가고 있구나, 라는 생각에 울컥하고 말았다.

결혼식이 끝나고 나니 꿈꾼 것 같다는 친구의 말처럼 하루의 이벤트로 하루아침에 모든 게 변하지는 않을 것이다. 책임질 것들은 여전히 현실로 남을 것이고 이제는 어린 시절로 돌아갈 수 없는 그리움도 남을 것이다.

하지만 그날 그 두 시간 동안의 결혼식이 있기까지, 두 친구가 손을 마주 잡고 서 있기까지의 시간을 알기에, 가까이에서 보아왔기에 더욱 특별했다. 지나온 작은 조각들이 지금의 반짝임이 되었음을 깨닫는다.

친구들은 최고로 예쁘고 멋있었다. 평소 털털한 모습과 달리, 이토록 찬란한 모습으로 우리 젊은 날을 남겨본다. 우리는 당연히 늙을 것이고, 여전히 함께일 것이다. 할머니, 할아버지가 되어서도 껄껄 웃고 엉엉 웃으며, 지금처럼 행복하게 살 것이다.

친구의 결혼식에서

아무리
이야기해도 부족한,
여행

오랜만에 찾아간 제주도는 돌아오기 싫을 만큼 즐거웠다. 여행에 대한 이
야기는 아무리 글을 쓰고 그림을 그려도 부족하다. 여행은 늘 새롭고 낯설
기 마련이지만, 또 한번 찾아가는 곳에서 느껴지는 익숙함과 그리움, 그런
것들도 좋다. 자유롭고 싶지만 자유롭지 못해서, 여행을 계속 하고 싶다.

제주 조천읍 아프리카 게스트하우스

같은
일상일지라도

구체적인 계획은 하나도 없지만 도쿄에 가서 몇 년 정도 살아보고 싶다. 일본에 가서도 지금이랑 똑같이 나는 카페에 가서 커피를 마시며 그림을 그리고 글을 쓰면서 지내지 않을까. 그런 생각을 하고 보니 그러려면 굳이 떠날 필요가 있는 걸까 하는 생각이 들었다. 그래도 여전히 떠나고 싶은 마음은 어째서일까.

커피가게 동경

더 나은 삶을
살겠다는 것

"사는 방법은 두 가지가 있다. 되는 대로 그냥저냥 살아가는 것, 아니면 인생에서 무언가를 이루기 위해 더 나은 길을 찾아 성실히 사는 것이다. 더 나은 것을 이루며 살겠다는 생각은 자기 자신의 삶만이 아니라 다른 사람들의 삶, 더 나아가 인류의 미래까지 더 나아지게 만든다."

(헉슬리의 《생물학자의 생각》 중에서)

스몰커피

너와 함께라면

외롭지 않아

여백이와 집

일기그림
그리는
법

내 일기그림을 보며, '나도 그림을 그려보고 싶다'라고 느낀 사람들이 많을 것이다. 몇 년 전부터 여러 장소에서 일상·여행 관련 드로잉 수업을 진행하고 있는데, 정말 많은 사람이 그림을 그리고 싶어 한다. 첫 수업 때는 모두 자신감이 없다. 열 명 중에 아홉 명은 "저는 그림 진짜 처음 그려봐요"라고 말한다. 그럴 때마다 이야기한다. "여기 있는 모든 분들, 다 그림 그려보셨을 텐데요. 엄마 아빠가 벽에 낙서하면 안 된다고 혼내는 것도 무시하면서, 그림에 열정을 불태우신 적이 있으실 거예요. 아닌가요?"라고.

우리는 어린 아이일 때 아무런 의무감 없이 이것저것 끼적여댔다. 그냥 그리는 게 재밌어서 손을 움직여 뭐든 그렸을 것이다. 나만이 이해할 수 있는 추상화였고 그것은 스스로 보기에 엄청난 작품이었다. 자신감과 즐거움이 넘쳤다. 그러다 나이를 먹고 어른이 되니 그림에 대한 기준점이 생겨서, '나는 그림을 잘 그리는 게 아니구나'라고 깨닫는다. 잘 그리지 못할 그림은 그릴 필요가 없다고 생각해서, 아예 손을 놔버리고 지금까지 안 그려온 것이다. 기억하자. 우리는 그림을 그릴 수 있는 사람들이라는 것을.

그림 수업을 들으러 오는 사람들은 10대부터 시작해서 60대까지 다양했다. 가장 많은 연령대는 30대 직장인 여성분들과 50대 어머니들이었다. 다들 본인 말대로 그림을 '못' 그렸고 두려워했지만, 일주일에 하루씩 두 시간, 두 달 정도의 시간을 보내고 완성해낸 결과물은 아주아주 멋졌다. 처음 그들이 '그림 그리는 게 제 꿈이었어요'라고 말했던, 그 '꿈'이 이루어진 것이다.

"그림을 그려본 적이 없어요" 다음으로 가장 많이 듣는 게 다음의 질문이다. "어떻게 하면 그림을 잘 그리나요?"

그림을 잘 그리는 방법은 수백 수천 수만 장을 그리고 또 그리면 된다. 예상하는 것 그 이상으로 아주 많이 그려봐야만 조금 능숙하게 그릴 수 있게 된다. 그림뿐 아니라 세상의 많은 것들이 그런 이치일 것이다. 아주 많은 시간과 노력을 투자할 정도로 그림에 뜻이 있고 욕심이 있다면, 그렇게 하면 된다. 그리면 된다, 아주 많이.

하지만 아마도 이 책을 읽고 그림이 그리고 싶어진 사람이라면, 그저 '인생의 즐거움을 위해' 그냥 '취미 삼아' '그리고 싶은 것을 그릴 수 있는 정도'를 꿈꿀 가능성이 높다. 그렇다면 큰 각오가 필요하지 않다. 그냥 그려보자. 서툴 것이고 막막할 것이다. 아마도 삐뚤빼뚤 이상할 것이다. 하지만, 잘 그리지 못하면 어떤가? 그림은 잘 그리지만 악기 연주도 못하고 요리도 못하는 나와 달리, 당신은 그림은 못 그리지만 회계 일을 잘한다거나 빵을 잘 굽는다거나, 다른 것들을 잘한다. 즐거움에 과한 욕심은 내지 말자.

그림을 그리는 그 이유와 목적을 분명히 하자. 우리의 목적은, 일기그림이다. '일기'란 무엇인가? 일기는 내가 보는 것이며 남에게 보여주기 위한 것이 아니다. 나의 솔직한 심정을 대나무 숲에 털어놓듯 쓰는 것이 일기장이다. 그림으로 일기를 쓰는 장점이 이것이다. 아주 못 그려도 된다. 나만 볼 거다. 아무도 뭐라고 하지 않는다. 아무도 못 알아보면 뭐 어때? 내가 알아볼 수 있으면 그것으로 충분하지. 이건 내 일기장이니까 말이다.

그리고 선을 잘 그리고 구도와 비율을 잘 맞추고 이런 것보다 감정 표현을 얼마나 잘 하는가, 남들과 달리 나는 어떻게 관찰했는가, 그림에서 내가 강조하고 싶은 포인트를 잘 살렸는가, 이런 것들이 더 그림을 풍부하게 만든다.

일단 시작하자. 종이를 펼치고, 펜을 들자.

그냥 글씨 쓰듯 펜을 손에 쥐자. 어디서 본 적 있다면서 펜을 길쭉하게 세우고 멋들어지게 잡을 필요 없다. 가나다라를 처음 써보는 아이의 심정으로, 글씨를 쓰듯 선을 잇고, 선과 면을 연결해서 빈 종이를 채워보자.

지금부터 시작해보자.

1. 가볍고 작은 노트

• 손바닥보다 조금 큰 노트를 준비하자. 작은 가방이나 코트 주머니에
도 쏙 들어갈 정도의 가벼운 것이 좋다. 언제든지 그리고 싶을 때 꺼내
쓸 수 있게. 두꺼운 노트를 장만하면 한 권을 다 채워야 한다는 강박에
사로잡혀 결국 흐지부지되어버린다.

• 비싼 노트도 피하자. '종이 한 장에 얼마인데'라는 생각에 한 장이라
도 실패하면 안 된다는 완벽주의가 생겨 본질을 잊어버리게 될 것이다.
다들 그런 적이 있을 것이다. 새해 첫날, 1년 동안 꼭꼭 눌러 써야지 하
고 두껍고 비싼 다이어리를 사놓고는 한두 달 정성스럽게 꾸미다가 결
국 서랍 속에 쌓아두기만 한 경험들이.

• 매일 쓸 필요 없다. 쓰고 싶을 때 써라. 단 일주일에 한 번은 쓰도록
한다. 하루이틀 간격으로 쓴다면 두세 달에 한 권 정도 쓰면 좋다. 일주
일에 한 번 정도로 남긴다면 계절에 한 권 정도로도 괜찮다. 봄·여름·
가을·겨울 일기장도 특별하다.

• 다 쓰면 똑같은 것으로 또 장만하자. 한 권 한 권 쌓여가는 기쁨이 크다.

2. 보통의 검은 볼펜과 네임펜, 색연필 한 자루

• 가장 무난하고 평범한 볼펜으로 충분하다. 자주 들고 다니고 쓰다가 잃어버릴 수도 있으니 미련을 두지 않게 되는 것으로. 혹시 펜을 놔두고 온 날도 누군가에게 비슷한 것으로 쉽게 빌릴 수 있다.

• 네임펜으로 어두운 부분을 칠하도록 한다. 유성이라 물이 튀어도 번지지 않는다.

• 명암이나 포인트 컬러를 줄 색연필 한 자루를 곁들이자. 좋아하는 색 무엇이든 괜찮다. 회색 계열도 좋고, 컬러풀한 색상도 좋다. 일기그림이 익숙해지고 더 욕심이 난다면 천천히 색연필 개수를 늘려본다.

• 더욱 익숙해진다면 과감하게 새로운 필기구도 구입해보자. 만년필이나 붓펜, 잉크펜 같은 좋은 재료도 써보자. 좋은 재료를 쓰면 그만큼 그림 그리는 일에 진지해지고 즐거워진다.

왜

자, 그릴 준비가 됐다면, 첫 페이지는 이렇게 시작해보자.

내가 왜 일기를 쓰고 싶어졌는지, 이것으로 어떤 보람을 얻고 싶은지 글로 써본다.

시작의 결심은, 마지막을 매듭짓는 첫 걸음이고 노력의 원동력이 된다. 동기부여가 될 것이고, (조금 심취해버리면) 인생 전체를 돌아보는 반성과 결심을 하게 될지도 모른다.

언제 어디서

1. 잠자기 전에

2. 약속시간 한 시간 일찍 나가서 카페에서

3. 대중교통 이용할 때

4. 휴일 TV 보는 것도 지칠 때

5. 그리고 싶을 때, 그릴 수 있을 때, 그리고 쓴다.

시간을 정해두고 계획을 하거나 의무감을 가지면 안 된다. 숙제 검사는
아무도 안 하니 마음에 짐을 둘 필요 없다.
보통의 생활을 하다가 쉬는 시간이 생겼거나, 잠시 여유가 있을 때 그리자.
뭐든 쓰고 그리고 싶을 때가 있다. 이것 자체가 휴식이자 놀이가 되어야
한다.
내게 가장 좋은 때에 잠시 휴대폰을 내려놓고, 그림을 그려보자.

어떻게

1. 가장 쉬운 것부터

- 동그라미 대신에 사과나 컵을 그려보자.
- 네모 대신에 TV나 책, 책상, 핸드폰 등을 그려보자.
- 자세히 보면 주위의 모든 사물들은 아주 단순한 형태가 겹쳐져 있는
  것에 불과하다. 가장 단순하게, 쉽게, 내 눈에 보이는 느낌 그대로를
  종이 위에 쓱쓱 남겨본다.

2. 카페에서

- 커피 잔, 의자와 책상 등을 그려보자.
- 카페 풍경이나 창밖 풍경을 그려보자.
- 친구와 만나기로 한 카페에 조금 일찍 가자. 예전부터 가보고 싶었던 그 카페의 모습과 맛보고 싶었던 메뉴를 그려보는 것부터 시작하자. 사람 그리기가 어려우면 커피 잔과 책상 의자 정도만 그려보자. 충분히 그릴 수 있다. 커피 잔은 동그라미고 책상은 네모다.

3. 친구를 만나서

- 내 앞에 앉은 친구 얼굴을 그려보자.
- 내 시야에 보이는 사람들 모습을 그려보자.
- 안 친한 사람 말고, 깔깔거리며 웃어줄 친한 친구를 앞에 두고 "그대로 있어봐, 내가 널 그려주겠어"라고 말해보자. 다들 흔쾌히 받아들일 것이고, 당신이 어설프게 그린 그림을 보고도 즐거워해줄 것이다. 괜찮다면 그림을 사진으로 찍어 두고 친구에게 선물하는 것도 좋다. 그렇게 사람을 한두 명씩 그려보자.

주인공은 나

이제 내 캐릭터를 만들어보자.
오늘 내가 마음에 든다면, 나를 그려보자.

유리창에 비치는 내 모습이 꽤나 괜찮은 날이 있다.
왠지 오늘 내가 좀 예뻐 보이는 날이 있을 것이다.
슬리퍼 신고 추리닝 입고 동네 산책하는 모습에 문득 웃음이 났을 수도
있다.
여행지에서의 내 모습이 너무 자유로워 보일지도 모른다.

내가 보기에 좋고 나다운 모습을 떠올리자.
그 모습을 그려본다.

그것을 단순하고 귀엽게 고쳐보자.
내가 슥슥 그려낼 수 있을 정도의 단순한 캐릭터로 그려보자.
아마 세 번에서 다섯 번 정도만 고쳐 그리면,
모두가 "이거 완전 넌데?"라고 할 만한 캐릭터가 탄생할 것이다.

그 캐릭터가 지금부터 당신 일기의 주인공이다.
나를 대신해서 노트에서 살아갈 또 다른 내 모습이 될 것이다.
그 캐릭터가 오늘 무엇을 했는지, 어디에 다녀왔는지, 누굴 만났는지,
그림으로 일기를 써보자.

자, 나의 '일기그림'을 시작해보자!

지금 여기, 오늘을 살자

사는 것엔 연습이 없다. 아직 경험해보지 못한 것들이 많다. 대학 졸업, 지루해질 만큼의 긴 연애와 결혼, 부모님과의 이별, 나의 반려자나 나의 아이 같은 것들. 세상의 수많은 사람이 당연한 수순처럼 하고 있는 것들이 나에겐 당연하지 않은 것일지도 모른다. 결혼을 하지 않을지도 모르고, 남자가 아닌 여자와 평생을 함께할지도 모른다. 내 배 아파 낳지 않은 어떤 아이와 살게 될지도 모른다. 손을 다쳐서 그림을 그리지 못하게 될지도 모르고 사기를 당해 집과 재산을 모두 잃을지도 모르는 일이다. 그 무엇도 확신할 수 없다.

하지만 삶의 변화는 너무나 더디게 느껴져서, 조용히 찾아오는 시간의 무게를 모른 채, 사는 게 지루하다고 자주 생각하게 된다. 모든 것이 새로운 것이었음을, 특별한 것이었음을 깨닫는 건 늘 미래의 일이다.

몇 년 전 내가 그랬다. 당연하게 그려오던 그림들이 지겨워졌고 또다시 '무엇을 그릴 것인가'의 고민이 시작되었다. 여행하면서 그려온 세상의 수많은 풍경들을 잊어버린 채 서울의 테두리 안에서 살다 보니, 반복되는 일상과 만남들이 심심하게 느껴졌다. 다시 삶의 권태가 찾아왔다.

그래서 일기그림을 그리기 시작했다. 별것 아니라고 생각되는 것들을 그리기 시작했다. 익숙하고 평범하고 당연한 것들. 길을 걷고 음악을 듣고 밥을 먹고 사람을 만나는 그냥 보통의 것들을 그렸다. 대수롭지 않게

스쳐온 것들을 자세히 관찰했다. 사람들의 표정과 장소의 공기, 나의 기분, 계절의 흔적…, 그런 것들을 종이에 하나하나 그려 넣었다. 오늘은 무엇을 그려볼까 하는 생각에 하루를 꼼꼼히 들여다봤다. 무엇이든 보고 느끼고 행동하려고 했다. 하루하루를 참 열심히 살았다. 그렇게 그린 수백 일의 평범한 일상은 수백 개의 하나뿐인 그림들이 되었고, 그것들을 모아 이렇게 한 권의 책을 낼 수 있게 되었다.

수백 장을 그렸지만 그 무엇도 반복되거나 똑같은 것이 없었다. 모든 하루는 오늘뿐이었다. 모든 것이 처음이고 마지막이었다. 이제는 안다. 아무리 경험이 쌓이고 오랜 삶을 살아도, 누구에게나 삶은 언제나 새로운 것이라는 점을.

날마다 낯선 삶 속에서 배우고 깨닫는다. 보는 이로 하여금 자신의 삶을 비춰볼 수 있는 그림을 그리고 싶다. 읽는 이로 하여금 지친 하루에 위로가 되는 글을 쓰고 싶다. 그것이 한 장 한 장, 한 권 한 권씩 내 나이와 함께 쌓여 갔으며 한다. 앞으로 살아온 날보다 더 긴 긴 삶을 견디며 살아가야 한다면, 나는 그저 계속 그림을 그리고 글을 쓸 수 있기를 바랄 뿐이다. 그것들을 세상 사람들에게 보여주고 싶고, 무엇보다 미래의 나에게 보여주고 싶다. 꼬부랑 할머니가 된 내가, 지난 기록들을 뒤적이다가 홀홀 웃으며, '나, 그래도 잘 살았네'라고 웃을 수 있으면 좋겠다.

그날을 위해, 오늘의 나는 좀 더 좋은 하루를, 좋은 삶을 살겠다고 다짐한다. 이 책의 마지막까지 읽어 준 당신도 그런 오늘을 보내기를 바라며…

2016년 여름, 봉현

오늘 내가 마음에 든다

초판 1쇄 발행 2016년 9월 7일   초판 2쇄 발행 2016년 10월 27일

지은이 봉현 펴낸이 연준혁

출판 6분사 분사장 이진영
편집장 정낙정
편집 박지수 이경희 조현주
디자인 조은덕

펴낸곳 (주)위즈덤하우스   출판등록 2000년 5월 23일 제13-1071호
주소 (410-380) 경기도 고양시 일산동구 정발산로 43-20 센트럴프라자 6층
전화 (031)936-4000   팩스 (031)903-3895
홈페이지 www.wisdomhouse.co.kr   전자우편 wisdom6@wisdomhouse.co.kr

값 14,000원 ⓒ 봉현 ISBN 978-89-5913-057-3 [03810]

국립중앙도서관 출판시도서목록(CIP)

오늘 내가 마음에 든다 / 지은이: 봉현. -- 고양 : 위즈덤하
우스, 2016
    p. ; cm

ISBN 978-89-5913-057-3 03810: ₩14000

일기(기록)[日記]

816.5-KDC6
895.762-DDC23   CIP2016019993